OBJETS D'ART

ET DE

Riche Ameublement

EXÉCUTÉS DANS LES ATELIERS ET SOUS LA DIRECTION

M. A. BEURDELEY

CATALOGUE

DES

OBJETS D'ART

ET DE

Riche Ameublement

EXÉCUTÉS DANS LES ATELIERS ET SOUS LA DIRECTION

DE

M. A. BEURDELEY

ET DONT LA VENTE AURA LIEU

Par suite de décès

Galerie Georges Petit, rue de Sèze, 8

Les Lundi 6, Mardi 7, Mercredi 8 et Jeudi 9 Mai 1895

A DEUX HEURES

COMMISSAIRE-PRISEUR	EXPERT
Mᵉ PAUL CHEVALLIER	M. CHARLES MANNHEIM
10, rue de la Grange-Batelière, 10	7, rue Saint-Georges, 7

EXPOSITIONS

PARTICULIÈRE : *Le Samedi 4 Mai 1895, de 1 heure 1/2 à 6 heures*

PUBLIQUE : *Le Dimanche 5 Mai 1895, de 1 heure 1/2 à 6 heures*

CONDITIONS DE LA VENTE

Elle sera faite *expressément* au comptant.

Les acquéreurs payeront *cinq pour cent* en sus des enchères.

L'exposition mettant le public à même de se rendre compte de l'état et de la nature des objets, aucune réclamation ne sera admise une fois l'adjudication prononcée.

Paris. — Imprimerie de l'Art, E. Moreau et Cie, 41, rue de la Victoire.

DÉSIGNATION DES OBJETS

PORCELAINES DE CHINE

D'ANCIENNE QUALITÉ

MONTÉES EN BRONZE

1 — Très grand vase en forme de gourde à trois renflements, vieux Chine, à réserves de branchages fleuris sur fond bleu. Monture de bronze ciselé et doré; collerette ajourée et anses à têtes d'aigle; socle à trois serres et guirlandes de fleurs.

Haut., 1 m. 30 cent.

2 — Deux vases-balustres en vieux Chine émaillé rouge, à têtes de chimère en relief, montés en guise d'aiguières à l'aide d'une riche garniture de bronze ciselé et doré dans le style Louis XV, composée de grands feuillages, de rinceaux contournés et de touffes de roseaux. Le socle, à contours mouvementés, présente des coquillages et des limaçons en haut-relief.

Haut., 68 cent.

3 — Grand vase-balustre en ancienne porcelaine de Chine à décor de paysages en dorure sur fond blanc; monture en bronze ciselé et doré composée de deux enfants tritons figurant les anses et montés sur des dauphins appuyés sur des touffes de roseaux descendant latéralement jusqu'au socle.

Haut., 80 cent.

4 — Grand vase-balustre en ancienne porcelaine de Chine, émaillée

brun et garni d'une monture de style Louis XVI, en bronze ciselé et doré; anses figurées par des dauphins que des algues relient à la base reposant sur quatre pieds en ressauts; collerette évasée à moulures et canaux.

Haut., 72 cent.

5 — Paire de grands vases-balustres en ancienne porcelaine de Chine émaillée rouge haricot flambé, et garnie d'une monture de bronze ciselé et doré de style Louis XV; collerettes à stalactites, grandes anses à rinceaux s'appuyant sur des gaines qui reposent sur un socle à moulures, coquilles et feuilles.

Haut., 65 cent.

6 — Deux vases, forme baril, en porcelaine de la Chine, décorés de cigognes, branchages et arbustes en couleurs sur fond d'émail violet. Haut et bas à bossages en relief émaillés turquoise. Ils sont garnis de montures en bronze ciselé et doré : piédouches à godrons et feuilles alternés sur plinthe carrée; anses à consoles et mufles de lion à anneaux mouvants; collerette évasée à moulures. Reproduction des vases du palais de Fontainebleau.

Haut., 51 cent.; larg., 50 cent.

7 — Paire de vases en céladon turquoise garnis d'une monture de bronze ciselé et doré, en forme de trépied Louis XVI, à volutes reliées par des guirlandes. Plinthe triangulaire.

Haut., 47 cent.

8-9 — Deux coupes en forme de feuilles à bords ondulés, en céladon bleu turquoise, supportées par trois sphinx assis sur un socle triangulaire en bronze ciselé et doré au mat, de style Louis XVI.

Haut., 17 cent.; diam., 26 cent.

10 — Deux chimères en regard, en ancienne porcelaine de Chine émaillée bleu turquoise, montées sur des socles de style Louis XVI, en bronze doré, à pieds cannelés et guirlandes de chêne.

Haut., 35 cent.; larg., 25 cent.

11 — Vase cylindro-ovoïde d'ancienne porcelaine de Chine à décor de

de fleurs-arabesques gaufrées, sous émail bleu-turquoise, enrichi d'une monture de style Louis XVI, en bronze ciselé et doré au mat. Les anses sont formées de doubles rinceaux, se terminant en têtes d'aigle et soutenus par des enfants satyres adossés au vase et debout sur des culs-de-lampe. Socles à tresses sur quatre griffes de lion.

Haut., 42 cent.

12 — Deux vases-balustres, en ancienne porcelaine de Chine de la famille verte, décorés de nombreux compartiments à fleurs, chimères et paysages, encadrés de dragons et de papillons. Monture de style Louis XV, en bronze doré.

Haut., 1 m. 5 cent.

13 — Deux cornets, forme bambou, en céladon bleu, offrant au pourtour des animaux et des arbres en bas-relief. Monture en bronze ciselé et doré de style Louis XVI, repercée à jour. Collerette d'entrelacs et base à rinceaux et mascarons élevée sur quatre pieds-toupies.

Haut., 40 cent.

14 — Vase cylindro-ovoïde à col évasé en ancien céladon turquoise, flambé violet, avec collerette à godrons et socle à tore de chêne, en bronze ciselé et doré de style Louis XVI.

Haut., 34 cent.

15 — Potiche de vieux Chine décorée de figures, d'animaux et d'habitations en émaux de la famille verte. Monture de style Louis XVI, en bronze ciselé et doré au mat; collerette à godrons et gorge ajourée, socle à tore de laurier.

Haut., 45 cent.

16 — Vase carré en céladon craquelé enrichi d'une monture de style Louis XV, en bronze ciselé et doré: couvercle figurant un dais rustique à treillages, glands et fleurettes. Base contournée et à quatre pieds composée de bouquets de fleurs.

Haut., 46 cent.

17 — Petit vase-gourde à triple renflement, le bas en céladon jaunâtre à dessin gravé sous couverte ; le haut émaillé blanc et décoré en bleu. Col et socle en bronze doré.

Haut., 24 cent.

18 — Vase-balustre en céladon gris craquelé à ceintures de grecques et anses têtes de chimères en biscuit brun ; socle rocaille en bronze doré.

19 — Porte-fleurs en bronze ciselé et doré de style Louis XVI, avec chimères en ancienne porcelaine de Chine turquoise, sur socles émaillés violet.

20 — Jardinière campanulée en ancien céladon turquoise truité de la Chine sur socle à gorge ajourée et pieds à griffes, en bronze ciselé et doré.

Haut., 21 cent.

21 — Deux coupes en céladon turquoise truité de la Chine, sur trépied en bronze ciselé et doré.

Haut., 17 cent.

CARTELS

22 — Cartel de style Régence, en bronze doré, composé de rinceaux, de palmes avec, dans le haut, une figure de Minerve et un Amour jouant de la flûte et, dans le bas, un trophée d'attributs des arts.

Haut., 70 cent.

23 — Cartel de style Régence, en bronze ciselé et doré composé de rinceaux à volutes et de feuillages symétriques ; il est surmonté d'un cartouche cintré par le haut.

Haut., 65 cent.

24 — Grand cartel de style Régence, en bronze doré, de forme contournée à rinceaux, feuillages et branches de fleurs symétriques.

Haut., 85 cent.

25 — Petit cartel de style Régence, en bronze doré, de forme contournée.

Haut., 28 cent.

26 — Grand cartel de style Louis XV, en bronze ciselé et doré à figure de Renommée au-dessous du cadran que surmonte un aigle et qu'encadrent de nombreuses guirlandes de fleurs et de feuillages.

Haut., 1 mètre.

27 — Cartel de style Louis XV, en bronze ciselé et doré, à rinceaux et festons de fleurs de contours mouvementés. En haut, figure de femme soutenant une guirlande ; en bas, un phénix.

Haut., 85 cent.

28 — Cartel de style Louis XV, en bronze ciselé et doré, à rinceaux, feuillages et fleurs symétriques, avec coq au-dessous du cadran et génie de l'astronomie au-dessus.

Haut., 70 cent.

29 — Cartel rocaille en bronze doré surmonté d'une figurine de nymphe assise et orné sous le cadran d'une tête de cerf.

Haut., 68 cent.

30 — Cartel de style Louis XV, en bronze doré ; modèle à *personnages de la Comédie italienne.*

Haut., 60 cent.

31 — Cartel de style Louis XV, en bronze ciselé et doré à l'or moulu ; il est orné de rinceaux, branchages et guirlandes avec cigogne au-dessus du cadran

Haut., 70 cent.

32 — Petit cartel de style Louis XV, en bronze ciselé et doré, supporté par deux amours planant dans les nues et surmonté d'une Flore tenant une guirlande.

Haut., 50 cent.

33 — Grand cartel en bronze ciselé et doré de style Louis XVI, de

forme contournée, ornementation à cordon de piastres et acanthes avec cariatide de femme de chaque côté; vase à anses à la partie supérieure et grappe d'amortissement dans le bas.

Haut., 95 cent.

34 — Cartel de style Louis XVI, en bronze doré, à cadran encadré de guirlandes de chêne surmonté d'un nœud et d'un brûle-parfum et terminé à sa partie inférieure par un cul-de-lampe à feuillages.

Haut., 63 cent.

35 — Cartel de style Louis XVI, en bronze doré à l'or moulu, posé sur un cul-de-lampe à feuillages et grappes, et surmonté d'une mappemonde enrubannée.

Haut., 75 cent.

36 — Petit cartel de style Louis XVI, en bronze doré à l'or moulu, surmonté d'un mascaron et d'un brûle-parfum et orné, sur les côtés, de branches de palmier.

Haut., 40 cent.

RÉGULATEURS

37 — Grande horloge astronomique sur quatre pieds contournés de de G. Caffieri, tout en bronze ciselé et doré, à rinceaux et feuillages, branches de fleurs et fleurons. Quatre cartels à bustes : les Saisons, sont répartis à la chute des pieds. Elle est surmontée d'une sphère astronomique renfermée dans un globe de verre et repose sur un socle en bois peint à l'imitation du marbre. Cette reproduction de la célèbre horloge du Palais de Versailles porte la signature de A. Beurdeley et la date 1893.

Haut., 2 mètres; larg., 80 cent.; prof., 46 cent.

38 — Régulateur au char d'Apollon du Musée de Versailles, par Philippe Caffieri. La cage, de forme droite, en bois d'ébène, est enrichie de moulures, de feuillages et de rubans en bronze doré;

le cadran est entouré des signes du Zodiaque; Apollon sur son char, groupe de ronde bosse, forme le couronnement. Des bas-reliefs de bronze, allégories des Saisons, décorent le socle.

Haut., 2 m. 50; prof., 34 cent.

PENDULES

39 — Grande pendule de style Louis XIV, en marqueterie de cuivre et d'écaille, garnie de bronzes; une statuette du Temps la surmonte; deux figures-appliques : Apollon et Diane sont placées sous le cadran; des sphinx en bronze sont couchés latéralement sur le socle dont la face présente un tablier. Modèle de Boulle.

Haut., 1 m. 20 cent.

40 — Grande pendule dans le style de Boulle, en bois noir incrusté de cuivre avec, sur le côté, un groupe de bronze doré : *Vénus à la coquille* et l'*Amour tenant son arc.* Le cadran, tout en bronze, présente des amours en bas-relief soutenant les cartouches d'émail indiquant des heures.

Haut., 80 cent., larg., 55 cent.

41 — Pendule de style Louis XIV, en ébène et marqueterie de cuivre et d'écaille brune garnie de bronzes dorés, moulures, mascarons et figures; elle est surmontée d'une statuette d'*Amour ayant dérobé la faux du Temps* dont la figure-applique, en bas-relief, est couchée sur le socle qui repose sur des pieds tors reliés par des tabliers en bronze doré. Modèle de Boulle.

Haut., 95 cent.; larg., 55 cent.

42 — Grande pendule en bronze ciselé et doré, de style Louis XIV, à têtes de bélier, figure-applique de nymphe, feuillages et rinceaux. Elle est surmontée d'une statuette d'amour et repose sur quatre enfants cariatides.

Haut., 1 m.

43 — Grande pendule de style Louis XIV, en bronze ciselé et doré, modèle à cariatides et têtes de bélier. Sous le cadran, une figure-applique de déesse; au-dessus, une statuette d'amour.

44 — Grande pendule de style Régence en bronze ciselé et doré, de forme contournée, surmontée d'une jardinière d'où s'échappent deux guirlandes retombant sur les côtés. Sur la face de la base se voit un trophée d'instruments de musique.

Haut., 76 cent.

45 — Pendule du style Louis XV, en bronze ciselé et doré ; modèle à rocailles et rinceaux de CAFFIERI.

Haut., 48 cent.

46 — Grande pendule de style Louis XV, en marbre blanc, avec groupes d'amours dans le goût de Boucher, tenant des guirlandes de fleurs en bronze ciselé et doré au mat. Le socle en marbre blanc est enrichi de rinceaux et de guirlandes en bronze doré.

Haut., 68 cent.; larg., 68 cent.

47 — Pendule de style Louis XV, en bronze ciselé et doré de forme contournée et avec ornementation à rocailles, trophée d'instruments de musique et vase de fleurs. Socle en bronze.

Haut.; 46 cent.

48 — Pendule de style Louis XV, en bronze doré à rinceaux et feuillages contournés, montrant sous le cadran des attributs des sciences et au-dessus une figurine d'enfant, transperçant un serpent. Socle rocaille également en bronze.

Haut., 48 cent.

49 — Pendule de style Louis XV, en bronze doré et bronze patiné. Modèle connu sous le titre de : L'ENLÈVEMENT D'EUROPE.

Haut., 46 cent.; larg., 38 cent.

50 — Petite pendule en bronze doré de style Louis XV, de forme contournée à rinceaux et feuillages, offrant sous le cadran un trophée d'instruments de musique. Elle est placée sur une terrasse rocaille ajourée.

Haut., 36 cent.

51 — Pendule et sa console applique en bronze doré de style Louis XV ; modèle à rinceaux et feuillages contournés.

Haut., 88 cent.

52 — Grande pendule de style Louis XVI, composée d'un groupe de trois figures : *le Temps*, *l'Immortalité et l'Amour*, en bronze patiné et bronze doré, entourant une sphère émaillée bleu, constellée d'étoiles en strass et divisée par deux cadrans tournants. Elle repose sur un autel de bronze doré, décoré d'un bas relief : Invocation à l'amour. Socle rectangulaire en granit rose d'Egypte.

Haut., 75 cent.; larg., 1 m.

53 — Grande pendule de style Louis XVI, à figure d'*amour* en bronze patiné tenant une draperie qui entoure le cadran élevé sur un fût de colonne cannelée en bronze doré. Socle à moulures en marbre griotte avec frise décorée de postes et de têtes de bélier en bronze doré.

Haut., 56 cent.; larg., 50 cent.

54 — Pendule de style Louis XVI en bronze doré au mat à sujet, d'après MARIN : Bacchante couchée, enfants et chèvres parmi des ceps de vigne. Socle en marbre blanc, cintré sur la face et orné d'un bas-relief de bronze : Bacchanale d'enfants.

Haut., 47 cent.; larg.: 43 cent.

55 — Pendule de style Louis XVI, en bronze doré au mat, avec deux figures de bacchantes et guirlandes de vigne, sur socle en émail bleu enrichi d'appliques en bronze doré. Modèle de MARIN.

Haut., 38 cent.; larg., 32 cent.

56 — Pendule de style Louis XVI, en bronze doré au mat, à cage à glaces, décorée d'appliques, gerbes de fleurs et de feuillages, rinceaux et rubans; les attributs de l'Amour en forment le couronnement. Socle rectangulaire en marbre griotte. Modèle dit de *Marie-Antoinette*.

Haut., 45 cent.; larg., 25 cent.

57 — Pendule de style Louis XVI, en bronze doré au mat, cintrée par le haut et surmontée d'un vase plein de fruits qui retombent en guirlandes sur les côtés. Des myrthes, des entrelacs, des feuillages, des cornes d'abondance et des rais de cœur en complètent l'ornementation.

Haut., 39 cent.; larg.: 24 cent.

58 — Pendule de style Louis XVI, à face légèrement cintrée, flanquée de consoles renversées et surmontées d'un vase plein de fleurs. Socle à fond d'émail bleu.

Haut., 45 cent.

59 — Pendule de style Louis XVI, en forme de portique à pilastres, surmontée des attributs de l'Amour et flanquée de consoles feuillagées. Socle de marbre blanc.

Haut., 40 cent.; larg., 40 cent.

60 — Pendule de style Louis XVI, en forme de vase ovoïde en marbre blanc décorée de guirlandes et de rinceaux en bronze doré au mat.

Haut., 37 cent.

61 — Petite pendule de style Louis XVI, dorée au mat, surmontée d'une corbeille de fleurs et de fruits et décorée sur les côtés de guirlandes retombant sur un socle à ressauts.

Haut., 25 cent.

62 — Pendule Louis XVI à cadran encadré de branches de laurier, posée sur une table-console en marbre blanc et bronze doré mat.

Haut., 40 cent.

63 — Pendule-borne de style Louis XVI, à cage en bronze doré au mat avec moulures ciselées. Des acanthes s'épanouissent sur la doucine du socle. Cadran en émail fleurdelisé. Modèle de *Lepaute*.

Haut., 39 cent.

64 — Pendule de style Louis XVI, en bronze ciselé et doré au mat, surmontée d'un vase de fleurs à têtes de bélier, flanquée de consoles renversées et décorée de guirlandes et de feuillages. Socle garni de plaques en marbre blanc et d'un médaillon en biscuit.

Haut., 60 cent.; larg., 47 cent.

65 — Pendule de style Louis XVI, en bronze ciselé et doré; le cadran repose sur un chapiteau ionique décoré d'acanthes et de guirlandes; il est surmonté d'une couronne de laurier, entre deux cornes

d'abondance posées sur une draperie. Socle en marbre rouge griotte décoré de perles et d'entrelacs de bronze et contre-socle à tore de laurier tout en bronze.

Haut., 55 cent.; long., 40 cent.

66 — Pendule de style Louis XVI, en bronze doré à degrés sur lesquels est assise la Muse Uranie, statuette en bronze patiné. Socle rectangulaire de marbre blanc garni de grecques et de rosaces en bronze.

Haut., 55 cent.; long., 42 cent.

67 — Grande pendule de style Louis XVI, en bronze doré supportant une cassolette à têtes de bélier et flanquée de consoles renversées à guirlandes et branches de laurier. Socle en marbre griotte garni d'appliques de bronze.

Haut., 61 cent ; long., 52 cent.

68 — Pendule de style Louis XVI, en marbre blanc et bronze ciselé et doré au mat : Vénus lançant des fleurs à l'Amour endormi.

Haut., 40 cent.; long., 35 cent.

69 — Pendule de style Louis XVI, en bronze ciselé et doré au mat : le Génie s'inspirant à l'autel de l'Amour. Socle en marbre blanc.

Haut., 38 cent.

70 — Pendule de style Louis XVI, en bronze ciselé et doré au mat, en forme d'autel soutenu par deux amours, et surmontée par deux chèvres mordant à des grappes de raisin qui s'échappent d'une corbeille.

Haut., 43 cent.

71 — Pendule de style Louis XVI, en bronze doré : deux amours tenant la torche, la couronne et la colombe. Socle en marbre blanc.

Haut., 35 cent.

72 — Pendule de style Louis XVI, en marbre blanc avec ornements et figures en bronze doré au mat : Muse pinçant de la lyre et Amour portant une corbeille de fleurs. Socle en marbre blanc et plinthe en marbre noir.

Haut., 43 cent.

73 — Pendule de style Louis XVI, en bronze doré à l'or moulu : *l'Étude*.

Haut., 30 cent.

74 — Pendule de style Louis XVI, en marbre blanc, enrichie d'appliques, bas-reliefs, entrelacs, moulures et perles en bronze doré. Au-dessus, un vase à têtes de satyre. Elle est flanquée de gaines cannelées.

Haut., 44 cent.

75 — Pendule de style Louis XVI, en bronze doré, formée d'une borne cannelée que surmonte un vase où s'attachent, par un ruban, des guirlandes de laurier descendant sur les côtés.

Haut., 43 cent.

76 — Pendule de style Louis XVI, en bronze doré au mat ; la face décorée de pilastres cannelés, les côtés de cornes d'abondance et la partie supérieure des emblèmes de l'Amour. Socle en marbre blanc.

Haut., 44 cent.; larg. 33 cent

77 — Pendule de style Louis XVI, en bronze doré à cadran supporté par un fût de colonne cannelée et encadré de rubans et de lauriers. Sur le socle est assise une statuette de Génie en bronze patiné personnifiant *l'Astronomie*.

Haut., 48 cent.; long., 45 cent.

78 — Pendule à cadran tournant de style Louis XVI, en bronze doré ayant la forme d'un vase enguirlandé de pampres, sur socle cylindrique d'ornementation analogue.

Haut., 57 cent.

79 — Pendule de style Louis XVI, en bronze ciselé et doré au mat, à rubans, guirlandes et feuillages : elle est surmontée d'une cassolette enguirlandée de chêne et supportée par quatre consoles renversées. Socle à rosaces, têtes d'aigle et rinceaux.

Haut., 55 cent.; larg., 40 cent

80 — Grande pendule de style Louis XVI, en bronze doré avec sta-

tuette : *l'Enfant à la cage*, de Pigalle, en bronze patiné vert. Socle à gorge en marbre griotte avec tore et plinthe en bronze doré.

Haut., 58 cent ; larg., 55 cent.

81 — Pendule de style Louis XVI, en bronze doré; le cadran est supporté par des dauphins; d'un côté une figure allégorique : *la Fortune*, tenant une corne d'abondance; de l'autre : *l'Amour*, brisant une branche de chêne.

Haut., 58 cent.; larg., 44 cent.

82 — Pendule en bronze doré avec figure d'amour liseur, en bronze patiné vert. Socle en marbre griotte.

Haut., 41 cent ; larg., 40 cent

83 — Pendule de style Louis XVI, en forme de vase en marbre blanc avec sujet en bronze doré au mat : deux nymphes surprenant l'Amour endormi.

Haut., 43 cent.; larg., 35 cent.

84 — Pendule à cadrans tournants dans un vase ovoïde de marbre blanc à anses serpents et ornements en bronze doré au mat. Un amour en bronze patiné noir indique les heures. Au pied du vase sont disposés un casque et un bouclier en bronze doré. Piédestal carré en marbre blanc décoré de bas-reliefs : divinités mythologiques en bronze doré. Plinthe en marbre bleu turquin.

Haut., 40 cent.

85 — Pendule rectangulaire de style Louis XVI, en marbre bleu turquin, décorée, dans la frise, d'enfants bacchants en bronze doré au mat. Elle forme le socle d'une statuette de naïade en marbre blanc, d'après Clodion.

Haut., 40 cent., larg., 46 cent.

86 — Pendule de style Louis XVI, en bronze ciselé et doré, ayant la forme d'un vase-urne, à anses de mufles de lion, anneaux mouvants, couvercle surmonté d'une pomme de pin, piédouche creusé de canaux en spirale; socle quadrangulaire à gorge et guirlandes de chêne. Modèle d'Osmont.

Haut., 60 cent

87 — Pendule de style Louis XVI, à cage en bronze doré en forme d'édicule à pilastres cannelés et corniche cintrée. Des pommes de pin et des emblèmes de l'Amour la surmontent. Sous le cadran, une draperie et deux rinceaux symétriques à têtes d'aigle et branches de laurier.

Haut., 50 cent.

88 — Pendule de style Louis XVI, en bronze doré à l'or moulu. Le cadran enguirlandé de lierre et surmonté d'une cassolette est supporté par un lion qui passe. Socle rectangulaire décoré d'un médaillon, de guirlandes et de rubans.

Haut., 60 cent.

89 — Pendule de style Louis XVI, en marbre blanc à base évidée, bordée de perles, accostée de rinceaux feuillagés et surmontée d'une couronne de roses en bronze doré mat. Socle à bas-relief : jeux d'amours.

Haut., 43 cent.

90 — Petite pendule de style Louis XVI, en bronze doré, surmontée d'un Cupidon tenant son arc, et élevée sur un socle à degrés où sont posés les emblèmes de l'Amour et des vases de fleurs.

Haut., 26 cent.

91 — Petite pendule de style Louis XVI, en bronze doré. Modèle à corbeille et branches de fleurs et de fruits.

Haut., 25 cent.

92 — Pendule de style Louis XVI, en bronze ciselé et doré au mat, à consoles renversées, guirlandes et branches feuillagées. Elle est surmontée d'une cassolette à têtes de bélier et chainettes. Le socle à fond d'émail bleu est orné d'un médaillon en biscuit de porcelaine.

Haut., 60 cent.; larg., 48 cent.

93 — Pendule en marbre blanc à ornements et figures : *l'Abondance et deux Amours*, en bronze ciselé et doré au mat.

Haut., 63 cent.; larg., 45 cent.

94 — Pendule : Enfant au tambour, en bronze patiné et doré, et deux flambeaux : enfants satyres portant des corbeilles de fleurs.

Haut., 34 cent.

CANDÉLABRES ET GIRANDOLES

95 — Paire de grands candélabres : faune et bacchante, de CLODION, en bronze à patine brune supportant des cornes d'abondance que surmontent sept becs porte-lumières en bronze doré au mat. Socles cylindriques en porphyre rouge avec corniches et bases en bronze doré. Reproduction des candélabres du *Palais royal de Madrid.*

Haut., 1 m. 40 cent.

96 — Paire de grands candélabres de style Louis XVI, formés chacun d'une femme en bronze patiné, soutenant un bouquet de lis et d'œillets, à cinq lumières en bronze doré. Socles à faces cintrées en marbre bleu turquin avec moulures et frises en bronze doré.

Haut., 1 m. 15 cent.

97 — Paire de grands candélabres à six lumières, bouquets de lis en bronze doré, soutenus par des statuettes d'enfants debout, en bronze patiné, d'après CROZATIER. Socles en marbre griotte et bronze doré. Ces candélabres peuvent accompagner la pendule n° 80 (Enfant à la cage).

Haut., 1 m. 15 cent.

98 — Paire de grands candélabres de style Louis XVI, en bronze ciselé et doré au mat, composés chacun d'un groupe de deux femmes soutenant un vase d'où s'échappe une tige à cinq branches porte-lumières surmontée d'un aigle. Piédestaux cylindriques en marbre turquin avec bas-reliefs : Danses de nymphes : embases et corniches en bronze doré.

Haut., 1 m. 2 cent.

99 — Paire de grands candélabres de style Louis XVI, à cinq branches

fixées sur une torche en bronze doré avec figures en bronze patiné : *Garde à vous*, sur socles en marbre bleu turquin garnis de bas-reliefs, corniches et embases en bronze doré.

Haut., 95 cent.

100 — Deux grands candélabres de style Louis XVI, en bronze ciselé et doré au mat à trois branches porte-lumières, rinceaux déliés et feuillages accotant une tige qui surmonte un vase de forme ovoïde en bronze à patine verte avec piédouche, ceinture, mascarons, têtes de femme en bronze doré.

Haut., 94 cent.

101 — Paire de grands candélabres à six lumières en bronze ciselé et doré au mat, de style Louis XVI, d'une riche ornementation qui consiste en figures de sirène supportant une proue et alternant avec des rinceaux en volutes reliés par des guirlandes, en coqs espacés autour d'une tige d'émail bleu, en un socle circulaire orné de plaquettes de biscuit et appuyé sur des lionnes couchées sur des plinthes triangulaires en serpentin d'Égypte. Des figurines de négrillon en bronze patiné forment le couronnement de ces candélabres. Modèle dit de Lafayette.

Haut., 90 cent.

102 — Paire de grandes girandoles en bronze ciselé et doré, et composées chacune d'un bouquet de pavots à six branches porte-lumières élevées sur un trépied à consoles renversées. Socle triangulaire à gorge occupée par un tortil de feuilles d'acanthe et de grosses perles. Reproduction des *Girandoles de San Donato.*

Haut., 82 cent.

103 — Paire de candélabres de style Louis XVI formés chacun d'une statuette de bacchante en bronze patiné et partiellement doré soutenant un thyrse où s'accrochent cinq branches enguirlandées de lierre formant porte-lumières. Socles en marbre griotte ornés de guirlandes et appliques en bronze. *Modèle de Marin.*

Haut., 80 cent.

104 — Paire de candélabres de style Louis XVI : Enfants chasseurs,

en bronze patiné, armés de lances auxquelles sont attachés des cors de chasse servant de porte-lumières en bronze doré. Socle en marbre griotte. Ces candélabres peuvent accompagner la pendule n° 53.

Haut., 80 cent.

105 — Paire de candélabres en bronze doré de style Louis XIV, à sept bras supportés par un balustre élevé sur trois consoles. Ces candélabres peuvent accompagner la pendule n° 42.

Haut., 80 cent.

106-107 — Deux paires de candélabres de style Louis XVI, formés chacun d'une statuette de femme drapée à l'antique, en bronze patiné, tenant des deux mains un instrument de musique sur lequel s'appuie un vase d'où s'échappent trois bras porte-lumières accotant une tige autour de laquelle s'enroule un serpent, en bronze doré au mat. Socle rond en marbre blanc avec tore en bronze doré et plinthe en marbre rouge.

Haut., 74 cent.

108 — Deux grands candélabres en bronze ciselé et doré au mat; les branches s'échappent de cornes d'abondance soutenues par des figurines d'enfant assis. Socle en marbre blanc, à guirlandes.

Haut., 75 cent.

109 — Paire de candélabres en bronze ciselé et doré à six lumières, supportées par des amours sur socles en marbre blanc. Ces candélabres peuvent accompagner la pendule n° 93.

Haut., 72 cent.

110 — Paire de candélabres à trois lumières feuillagées sur vases en bronze doré, supportés chacun par deux statuettes de nymphes (Daphné changée en laurier), en bronze patiné vert, élevés sur socles cylindriques en marbre blanc et bronze doré.

Haut., 70 cent.

111 — Paire de candélabres de style Louis XVI en bronze ciselé et doré au mat; ils sont à huit lumières supportées par des sirènes

élevées sur socle garni de plaquettes en marbre blanc et d'un médaillon en biscuit. Ces candélabres peuvent accompagner la pendule n° 64.

Haut., 66 cent.

112 — Paire de candélabres à trois branches porte-lumières en bronze doré soutenues par des statuettes d'enfants assis, en bronze patiné vert, sur socles carrés en marbre griotte et bronze doré. Ces candélabres accompagnent la pendule n° 82.

Haut., 52 cent.

113 — Paire de candélabres de style Louis XVI, à trois bras porte-lumières formés de branches de chêne et soutenus par une figure de jeune fille debout, en bronze ciselé et doré au mat. Socles en marbre blanc.

Haut., 52 cent.

114 — Paire de candélabres de style Louis XVI, en bronze doré au mat, composés chacun d'un groupe de deux enfants supportant des cornes d'abondance d'où s'échappent quatre branches porte-lumières enlacées de pampres.

Haut., 51 cent.

115 — Paire de girandoles de style Louis XVI en bronze ciselé et doré, à cinq lumières; la tige, en forme de colonne cannelée en spirale, supporte une cassolette; les bras s'appuient sur des têtes de bélier.

Haut., 51 cent.

116 — Paire de candélabres de style Louis XVI en bronze doré au mat; bouquets de pavots à trois lumières tenus par des amours courant. Socles en marbre bleu turquin, enguirlandés de pampres.

Haut., 51 cent.

117 — Paire de candélabres de style Louis XVI, à bouquets de pavots, à cinq branches en bronze doré mat, s'échappant de vases de *Clodion*, à figures de bacchantes en bas-relief, en bronze patiné vert et élevées sur plinthe en marbre blanc.

Haut., 48 cent.

118 — Paire de candélabres de style Louis XVI en bronze ciselé et doré au mat; ils sont formés chacun d'une statuette de nymphe d'après Falconnet, tenant un bouquet de roses à deux branches porte-lumières. Contre-socles en marbre bleu turquin.

Haut., 47 cent.

119 — Paire de candélabres de style Louis XVI, à trois bras soutenus par un trépied à tête de bélier, élevé sur socle triangulaire à griffes.

Haut., 47 cent.

120 — Paire de candélabres de style Louis XVI en bronze doré au mat, formés de figurines d'enfants soutenant des conques d'où s'élancent trois branches porte-lumières. Socles ronds, cannelés et feuillagés.

Haut., 45 cent.

121 — Paire de girandoles de style Louis XV, en bronze doré à l'or moulu, à trois branches porte-lumières supportées par une triple cariatide d'enfants élevée sur un pied à feuillages, tores de laurier et postes.

Haut., 43 cent.

122 — Paire de candélabres-griffons en bronze vert avec bouquets à trois branches en bronze doré de style Louis XVI. Modèle dit de Fontainebleau.

Haut., 42 cent.

123 — Paire de candélabres en bronze doré à deux lumières soutenues par des enfants bacchants. Modèle de *Clodion*.

Haut., 42 cent.

124 — Paire de candélabres de style Louis XVI, à trois branches formées de rinceaux, de feuillages et de perles, et supportées par une figurine d'amour en bronze patiné. L'une de ces figurines est debout sur un sanglier couché, l'autre sur un cerf couché également. Socles ovales en marbre blanc.

Haut., 42 cent.

125 — Paire de girandoles en bronze ciselé et doré; la tige est formée

de trois cariatides adossées supportant un couronnement à trois branches porte-lumières dont le centre est occupé par une cassolette pouvant former lumière. *Modèle de Delafosse.*

Haut., 38 cent.

126 — Paire de candélabres à deux lumières, dorés au mat et supportés par des enfants bacchants en bronze patiné de *Clodion*. Plinthes circulaires et dorées à perles.

Haut., 37 cent.

127 — Paire de candélabres à deux lumières, supportés par des figurines d'enfants, les bras surélevés. Socles cylindriques en marbre blanc. Style Louis XVI.

Haut., 34 cent.

128 — Paire de petits candélabres de style Louis XV, à trois bras porte-lumières de forme contournée, soutenus par une figurine d'enfant assis sur un socle monté sur boules.

Haut., 29 cent.

129 — Deux petites girandoles à deux branches porte-lumières en bronze doré, supportées par des enfants assis en bronze patiné. Socles en marbre griotte. Style Louis XVI.

Haut., 26 cent.

130 — Paire de petits candélabres de style Louis XVI, à deux lumières feuillagées en bronze doré supportées par des enfants assis en bronze patiné. Socles cylindriques en marbre rouge veiné de blanc.

Haut., 26 cent.

131 — Paire de petits candélabres bouts de table à trois lumières feuillagées avec tiges cannelées surmontées d'une graine et pied à feuilles d'acanthe.

Haut., 24 cent.

132 — Deux petites girandoles, bouts de table, en bronze doré à trois bras porte-lumières surmontés d'un fruit et soutenus par une tige cannelée à laquelle sont adossés trois cygnes de haut-relief en bronze argenté.

Haut., 22 cent.

BRAS-APPLIQUES

133 — Paire d'appliques de style Louis XIV, à une seule lumière s'échappant d'un mascaron faunesque sur médaillon circulaire. Bronze doré.

Haut., 15 cent.

134 — Paire d'appliques de style Régence, à deux bras branches de chêne s'échappant de montants à feuillages et rinceaux, portant l'un une tête de cerf, l'autre une tête de sanglier.

Haut., 55 cent.

135 — Paire d'appliques à deux lumières en bronze ciselé et doré, composées de branches de chêne et de rinceaux avec tête de cerf et tête de sanglier. Style Régence.

Haut., 50 cent.

136 — Paire d'appliques de style Régence, à deux lumières contournées supportées par des figures de tritons.

Haut., 60 cent.

137 — Paire d'appliques de style Régence, en bronze doré. Modèle à deux bras porte-lumières supportés par des cariatides engainées, l'une représentant Mars et l'autre Minerve.

Haut., 58 cent.

138 — Paire de grandes appliques à trois bras porte-lumières, composées de feuillages et de rinceaux contournés en bronze ciselé et doré de style Louis XV. Reproduction d'appliques du palais de Fontainebleau.

Haut., 85 cent.

139 — Paire de petites appliques à deux bras en bronze doré, de style Louis XV.

Haut., 30 cent.

140 — Paire d'appliques de style Louis XV, en bronze doré; modèle à rinceaux contournés et rocailles avec cigogne et écureuil.

Haut., 50 cent.

141 — Paire d'appliques de style Louis XV, à deux lumières, en bronze doré, de forme contournée et terminées à la partie inférieure par une tige de volubilis.

Haut., 55 cent.

142 — Paire d'appliques de style Louis XVI, en bronze ciselé et doré, à trois branches feuillagées, s'échappant d'une gaine à têtes de bélier surmontée d'un brûle-parfum.

Haut., 60 cent.

143 — Paire d'appliques de style Louis XVI, à deux bras, branches de palmiers accotant une pyramide, surmontée d'une cassolette et décorée de guirlandes et d'un trophée d'armes.

Haut., 42 cent.

144 — Paire d'appliques en bronze ciselé et doré, style Louis XVI ; elles sont à trois lumières, formées de cornes d'abondance liées par un entrecroisement de serpents à un caducée et à des branches de laurier que surmonte un nœud de ruban.

Haut., 54 cent.

145 — Paire d'appliques de style Louis XVI, en bronze ciselé et doré, à trois bras porte-lumières, rinceaux, feuillages et branchages de chêne reliés au moyen d'une cordelière au carquois et à l'arc de l'Amour.

Haut., 72 cent.

146 — Paire d'appliques en bronze ciselé et doré, de style Louis XVI, à cinq branches porte-lumières : Trois cors de chasse et deux cols de chimères ailées, liés au moyen d'un nœud à un pied de biche et à des rubans accostés de branches de chêne.

Haut., 1 m.

147 — Paire d'appliques de style Louis XVI, en bronze ciselé et doré, à trois lumières, rinceaux, feuillages, guirlandes et perles reliés par des mascarons, bacchantes et faunes, à une gaine en forme de vase très allongé à fond d'émail bleu surmontée de fruits et terminée en bas par des entrelacs de pampres. Reproduction d'appliques du *Palais de Versailles.*

Haut., 68 cent.

148 — Paire d'appliques de style Louis XVI, à quatre lumières, en bronze doré au mat; modèle à rinceaux feuillagés se terminant en têtes d'aigle avec, devant la tige entourée de pampres, une figure de nymphe debout, en bronze patiné vert.

Haut., 65 cent.

149 – Paire d'appliques de même modèle que les précédentes.

150 — Paire d'appliques de style Louis XVI, en bronze doré, à deux bras porte-lumières, à têtes de bélier et oiseaux en ronde bosse, tenant une guirlande de fruits; les bras sont accotés à un thyrse.

Haut., 63 cent.

151 — Paire d'appliques de style Louis XVI, bronze ciselé et doré au mat, à deux bras, rinceaux feuillagés, accotant une lyre que surmonte un serpent appendu à un ruban et donnant naissance à une troisième branche porte-lumière; elles sont décorées des emblèmes de Cybèle.

Haut., 70 cent.

152 — Paire d'appliques de style Louis XVI, en bronze ciselé et doré au mat, à deux lumières, enrichies des attributs de Cybèle, avec, en entredeux, une sorte de lyre surmontée d'un serpent enroulé tenant un troisième bras porte-lumière et suspendu à un ruban.

Haut., 70 cent.

153 — Paire d'appliques de style de Louis XVI, à trois lumières en bronze ciselé et doré au mat, modèle à feuillages, vases à têtes de bacchant, têtes de bélier, etc. Reproduction des appliques de San Donato.

Haut., 70 cent.

154 — Paire d'appliques de style Louis XVI, en bronze ciselé et doré au mat à quatre lumières, branches de laurier, encadrant une lyre que surmonte un mascaron tête de Méduse.

Haut., 50 cent.

155 — Paire d'appliques de style Louis XVI, à trois bras porte-lumières, prenant naissance sur une gaine à vase feuillagée, suspendue par un ruban que surmonte un nœud.

Haut., 65 cent

156 — Paire d'appliques de style Louis XVI, en bronze ciselé et doré; modèle à trois lumières, serpents, branches de roses, rinceaux et guirlande, accotés à une torche appendue à un ruban.

Haut., 65 cent.

157 — Paires de grandes appliques à trois lumières, dont une à mascaron, tête de femme, s'échappant d'une gaine à volutes qui supporte un vase enguirlandé. *Style de Delafosse.*

Haut., 65 cent.

158 — Paires d'appliques de style Louis XVI, à trois bras feuillagés accotant une torche.

Haut., 62 cent.

159 — Paire d'appliques de style Louis XVI, à trois bras porte-lumières, feuillages fixés à une gaine cannelée que surmonte un vase à guirlandes.

Haut., 60 cent.

160 — Paire d'appliques de style Louis XVI, à quatre lumières en bronze ciselé et doré ; modèle à quatre lumières soutenues par des cariatides, faune et faunesse, dont la partie inférieure se termine par des feuillages et des entrelacs. D'après celles de la *Collection Hamilton.*

Haut., 60 cent.

161 — Paire d'appliques de *Delafosse* à cinq bras porte-lumières en bronze doré. Modèle à vase, têtes de bélier, guirlandes et feuillages.

Haut., 60 cent.

162 — Paire d'appliques de style Louis XVI, en bronze doré à quatre bras porte-lumières avec rinceaux à têtes d'aigle soutenus par des statuettes de femme en bronze patiné adossées contre un thyrse et placées sur des culs-de-lampe que terminent des grappes de raisin.

Haut., 63 cent.

163 — Paires d'appliques de style Louis XVI, à deux lumières, branches de pavots patinées noir et liées par un ruban en bronze doré.

Haut., 56 cent.

164 — Applique à quatre bras porte-lumières côtelés, encadrant un mascaron Zéphyre qui surmonte un fleuron, des feuillages et des grappes de raisin.

Haut., 50 cent.

165 — Paire d'appliques de style Louis XVI, en bronze doré, à deux lumières ; modèle à vase, tête de bélier et guirlandes de chêne.

Haut., 50 cent.

166 — Paires d'appliques de style Louis XVI, à trois branches porte-lumières, contournées en S, s'accotant sur une gaine à pans que surmonte un vase enguirlandé de lierre. Modèle de Delafosse.

Haut., 50 cent.

167 — Paire d'appliques de style Louis XVI, à trois lumières sur gaine cannelée à guirlandes et surmontée d'un brûle-parfum.

Haut., 44 cent.

168 — Paire d'appliques de style Louis XVI à deux bras porte-lumières ; gaines à culs-de-lampe surmontées d'un casque.

Haut., 40 cent.

169 — Paires de petites appliques de style Louis XVI, à deux lumières en bronze doré à l'or moulu ; modèle à vase et guirlandes de chêne.

Haut., 40 cent.

170 — Paire d'appliques, style de Delafosse, en bronze doré, à deux lumières, accotant une gaine, décorée d'une panoplie d'armes et surmontée d'une cassolette.

Haut., 38 cent.

171 — Paire d'appliques de style Louis XVI, en bronze doré au mat, à deux branches porte-lumières en forme de cornes d'abondance réunies par un ruban onduleux.

Haut., 32 cent.

CHENETS

172 — Paire de chenets de style Louis XIV, en bronze doré à figures de Zéphyres, en regard assis sur des bases contournées portant sur des lions couchés.

Haut., 40 cent.

173 — Paire de chenets de style Louis XIV, en bronze doré : Sphinx couchés sur une base contournée à écussons.

Haut., 30 cent.

174 — Paire de chenets de style Louis XIV, dorés à l'or moulu. Sphinx en regard, couchés sur des tabourets ornés de pampres, de godrons et d'un mascaron faunesque.

Haut., 29 cent.; larg., 16 cent.

175 — Paire de chenets de style Louis XV, en bronze ciselé et doré, à sujets de chasse en pendants sur socles disposés en arches de pont ; l'un de ces chenets offre un chasseur armé d'un dard, attaquant un sanglier ; l'autre une dame assise, tenant une carabine.

Haut., 55 cent.

176 — Paire de grands chenets de style Louis XV, en bronze doré : Vénus et Vulcain ; figures assises sur de larges rinceaux feuillus. Reproduction des *Chenets de San Donato.*

Haut., 45 cent.; larg., 43 cent.

177 — Paire de grands chenets de style Louis XV, en bronze doré, à figures de Chinois et perroquets, d'après *Pillement.* Reproduction du *Château de Fontainebleau.*

Haut., 45 cent.; larg., 40 cent.

178 — Paire de grands chenets de style Louis XV, chien et chat en bronze patiné montés sur une base à rinceaux et feuillages contournés en bronze doré.

Haut., 45 cent.; larg., 50 cent.

179 — Paire de grands chenets de style Louis XV, en bronze doré à sujets animaux, chiens, loups et sangliers, au milieu de rinceaux d'un dessin mouvementé.

Haut., 40 cent.; larg., 35 cent.

180 — Paire de chenets de style Louis XV, en bronze doré. Modèle à vases guirlandes et Zéphyres.

Haut., 35 cent.

181 — Paire de chenets de style Louis XV, en bronze doré, à figurines d'enfants (la Peinture et la Sculpture), assis au milieu de rinceaux fleuris.

Haut., 36 cent.; larg., 35 cent.

182 — Paire de grands chenets de style Louis XV, en bronze doré, composés de rinceaux et de feuillages, sur lesquels sont assis un chien et un chat, en bronze patiné noir.

Haut., 35 cent ; larg., 35 cent.

183 — Paire de chenets de style Louis XV, en bronze doré, formés de vases à godrons et guirlandes sur piédestaux creusés de cannelures.

Haut., 38 cent.

184 — Deux grands chenets de style Louis XVI, composés chacun de deux sphinx en bronze patiné, adossés à un autel enguirlandé de roses et montés sur socles à perles, couronnes et torches en bronze ciselé et doré au mat. Reproduction des chenets de la *Collection Hamilton*.

Haut., 58 cent.; long., 31 cent.

185 — Paire de grands chenets de style Louis XVI, en bronze ciselé et doré ; modèle formé d'un brûle-parfum à têtes de bélier enguirlandés de fruits et posé entre deux graines sur une base à mascarons et rinceaux fleuris. Reproduction des chenets du Garde-Meuble.

Haut., 55 cent ; larg., 45 cent.

186 — Paire de grands chenets de style Louis XVI, en bronze doré ; modèle à vase à flammes, guirlandes de chêne et pommes de pin sur base ajourée, avec piédestal cannelé en ressauts.

Haut., 50 cent.; larg., 36 cent.

187 — Paire de grands chenets de style Louis XVI, en bronze ciselé et doré ; modèle composé d'une buire à cariatides et chèvres en manière d'anses, et d'une coupe remplie de raisin posée sur une base à guirlandes, thyrses, tambours de basque, mascarons et attributs faunesques.

Haut., 44 cent ; larg., 50 cent.

188 — Paire de chenets de style Louis XVI, en bronze doré au mat : Modèle à lyres et graines sur base richement ornementée.

Haut., 40 cent., larg., 40 cent.

189 — Paire de grands chenets de style Louis XVI, en bronze ciselé et doré ; cassolettes à têtes de lion et guirlandes élevées sur une base à rinceaux, portant sur des griffes.

Haut., 38 cent.; long., 45 cent.

190 — Paire de chenets de style Louis XVI, en bronze doré : Amours à genoux tenant des aiguières sur bases cylindriques à pieds en consoles. D'après le *modèle de Delafosse.*

Haut., 36 cent.

191 — Paire de chenets, formés de chameaux en bronze vert, couchés sur des bases rectangulaires chargées de rinceaux fleuris en bronze doré au mat. D'après le *modèle Louis XVI du Garde-Meuble.*

Haut., 32 cent.; larg., 36 cent.

192 — Paire de petits chenets de style Louis XVI. Enfants guerriers couchés sur des consoles rectangulaires à pieds cannelés.

Haut., 23 cent.

193 — Paire de petits chenets en bronze ciselé et doré au mat, style Louis XVI ; vase à flammes enguirlandé de fruits sur une base à cannelures, avec motif central appliqué sur fond d'émail bleu. Reproduction de chenets du palais de Trianon.

Haut., 28 cent.

FLAMBEAUX

194 — Paire de flambeaux de style Louis XIV, en bronze doré, à tiges formées de quatre termes adossés : les Saisons.

195 — Paire de flambeaux en bronze doré. Modèle de *Bérain*.

196 — Paire de flambeaux de style Louis XIV, en bronze doré, à têtes de lions, godrons, feuilles d'eau ; la doucine du pied présente des coquilles alternant avec des feuilles.

197 — Paire de flambeaux de style Louis XIV, en bronze doré ; la tige à trois ressauts surmontés de têtes de béliers ; le pied creusé de canaux.

198 — Petit bougeoir en bronze doré de style Louis XIV, à poignée ornementée ; binet et plateau de forme octogone.

199 — Paire de flambeaux de style Louis XV, en bronze doré à l'or moulu, à tige balustre en spirale, ornée de coquilles avec pied chargé de rocailles.

200 — Paire de flambeaux de style Louis XV, à tiges cannelées et entourées de lauriers.

201 — Paire de flambeaux de style Louis XV, à cannelures et lauriers sur l'épaulement du balustre.

202 — Paire de flambeaux de style Louis XV, en bronze ciselé et doré à l'or moulu de forme contournée ; modèle à rinceaux, feuillages et canaux.

203 — Paire de flambeaux de style Louis XV, en bronze doré, la douille en forme de vase, élevée sur une tige à pilastre, le pied à médaillons bustes.

204 — Paire de petits flambeaux de style Louis XV; modèle contourné à rinceaux et feuillages. Bronze doré.

205 — Paire de petits flambeaux de style Louis XV, en bronze doré, de forme contournée avec figurine d'enfant couché, en bronze patiné vert.

206 — Paire de flambeaux de style Louis XVI, en bronze ciselé et doré mat; la tige formée d'un trépied à guirlandes et têtes de zéphirs; le pied à ressauts est couvert de rinceaux, de feuillages et de perles.

207 — Paire de flambeaux de style Louis XVI, en bronze ciselé et doré mat; la tige à pilastres cannelés, le pied orné de cassolettes et de lauriers.

208 — Paire de flambeaux en bronze doré à feuillages, coquilles, cannelures et godrons. Modèle d'*Oppenor*.

209 — Paire de flambeaux de style Louis XVI, en bronze doré à cannelures, perles et tores de chêne.

210 — Paire de flambeaux en bronze ciselé et doré mat de style Louis XVI, la base et la douille ornées de canaux et de feuillages, la tige formée de trois consoles à guirlandes, acanthes et médaillons.

211 — Paire de flambeaux de style Louis XVI, en bronze ciselé et doré. Une colonnette-balustre à chapiteau forme la tige; le pied est orné d'acanthes, de grappes de raisin, et bordé de perles.

212 — Deux flambeaux brûle-parfums supportés par un trépied à têtes de béliers et guirlandes de style Louis XVI.

Haut., 27 cent.

213 — Paire de flambeaux cassolettes formés de vases Louis XVI, à têtes de béliers figurant les anses.

Haut., 21 cent.

214 — Paire de flambeaux de style Louis XVI, en bronze ciselé et doré à tiges cannelées ornées de mufles de lion, de guirlandes de lauriers, de retombées de fleurs et de perles.

215 — Paire de flambeaux de style Louis XVI en bronze doré mat, en forme de trépied à têtes de bélier et base ajourée.

216 — Paire de flambeaux en bronze doré de style Louis XVI, à vases enguirlandés supportés par trois dauphins sur plinthe triangulaire.

217 — Paire de petits flambeaux de style Louis XVI, en bronze doré mat; modèle à trépied, têtes de bélier, guirlandes de roses.

218 — Deux petits flambeaux bas à tiges cannelées flanquées de trois consoles.

219 — Paire de flambeaux de style Louis XVI, en bronze doré mat, à tiges-balustres cannelées et décorées de marguerites ciselées, en relief.

220 — Paire de petits flambeaux de style Louis XVI, en bronze doré à tige cannelée et base à godrons.

221 — Paire de flambeaux semblables aux précédents.

222 — Paire de petits flambeaux-cassolettes de style Louis XVI à têtes de satyres et guirlandes, élevées sur pilastres cannelés et carrés.

223 — Paire de bouts de table en bronze doré mat, à deux lumières. Modèle dit de *Marie-Antoinette.*

224 — Deux petits bouts de table à deux lumières et à chainettes en bronze doré mat. Modèle dit de *Marie-Antoinette.*

LANTERNES ET LUSTRES

225 — Lanterne du Petit Trianon. Reproduction en bronze ciselé et doré mat avec fond en verni bleu, étoiles et losanges en strass. A l'intérieur est suspendu un petit lustre à douze bras porte-lumières surmonté d'enfants musiciens.

Haut., 1 m. 60 cent.; diam., 74 cent.

226 — Très grande lanterne de style Louis XVI en bronze doré et à fond verni bleu; les montants soutiennent la corniche à l'aide de consoles reliées par des festons détachés et se terminent à leur partie inférieure par des pommes de pin. Modèle du *Château de Neuilly*.

227 — Lustre en bronze ciselé et doré de style Régence, à quinze bras porte-lumières groupés par cinq et prenant naissance sur trois rinceaux contournés et feuillus soutenant un couronnement en manière de dôme; le tout garni de pendeloques et cristaux taillés à facettes. Ce lustre est aménagé pour l'éclairage à l'électricité.

Haut., 1 m. 10 cent.

228 — Lustre en bronze doré à six branches porte-lumières formé de rinceaux fleuris en volutes et accotant une colonnette cannelée sur laquelle sont assis, adossés à une torche, trois enfants musiciens. Reproduction du lustre attribué à Gouthières qui se trouve dans le salon des petits appartements de la reine au *Musée de Versailles*.

Hauteur, non compris les chaînes de suspension, 90 cent.

229 — Lustre à seize lumières en bronze ciselé et doré d'après le modèle de la *Bibliothèque Mazarine*.

Diam., 80 cent.

230 — Lustre de style Louis XVI à huit bras porte-lumières sur mascarons fauniens en bronze doré mat décorant une tige en bronze à patine noire figurant une torche.

Haut., 80 cent.

231 — Petit lustre de style Louis XVI en bronze doré mat à six bras rinceaux soutenus par trois cariatides de femmes adossées contre un vase à fond bleui. Reproduction d'un lustre de Trianon.

Haut., 43 cent.

232 — Petit lustre, couronne de fleurs à six lumières en bronze doré.

BRONZES D'ART

233 — Grande torchère style Louis XVI, composée d'un groupe de deux naïades d'après FALCONNET en bronze muni d'une patine brune, soutenant un vase à dauphins et draperie d'où s'échappe un large bouquet de lis et de pavots à trois lumières aménagées pour l'éclairage au gaz. Socle de bois noir garni de guirlandes et de moulures de bronze doré.

Hauteur totale, 2 m. 85 cent.

234 — Groupe de deux naïades debout d'après Falconnet, en bronze patiné et soutenant un vase en bronze doré.

Haut., 1 m. 20 cent.

235 — Grande vasque en bronze supportée par trois statues d'enfants tritons grandeur nature. Style Louis XV. Piédestal en marbre jaune.

Hauteur du bronze, 1 m. 35 cent.

236 — Flore, statue en bronze patiné, d'après Falconnet.

Haut., 1 m. 20 cent.

237 — Groupe de trois enfants en bronze patiné se disputant une poule d'après COUSTOU. Socle en marbre blanc avec moulures et plaques en marbre vert de mer.

Haut., 60 cent.

238 — Groupe de deux enfants tenant des fruits, en bronze patiné vert montés sur socle rond à gorge en bronze doré.

Haut., 44 cent.

239-240 — Deux groupes formant pendants, disposés pour fontaines et composés chacun de deux statuettes d'enfants, grandeur nature, tenant des poissons et placés près d'une urne. Bronzes à patine brune. Style Louis XIV.

Haut., 85 cent.

241 à 243 — Trois paires de vases de style Louis XIV en bronze patiné, reproduction de ceux du parc de Versailles.

Haut., 90 cent.; 70 cent. et 60 cent.

244 — Grand vase en bronze à patine brune à anses têtes d'homme et femme en ronde-bosse et de sanglier. Modèle du *Château de Versailles.*

Haut., 80 cent.

245 — Paire de grands vases n bronze de style Louis XIV à anses formées de statuettes d'amour. Modèle du *Château de Versailles.*

246 — Buste de bacchante, grandeur nature, les cheveux épars, couronnée de pampres, la poitrine à découvert. Ce bronze d'après Clodion a figuré à l'Exposition Universelle de 1867.

Haut., 67 cent.

BRONZES D'AMEUBLEMENT

247 — Console formée d'une tête d'éléphant en bronze patiné et supportant une tablette de marbre bordée de godrons.

Haut., 1 m. 7 cent.; larg., 85 cent.

248 — Petit miroir en bronze ciselé et doré mat, posé sur deux bras porte-lumières de style Louis XVI. Il est monté sur un plateau ovale en laque aventuriné où sont fixés deux perroquets en porcelaine de Chine émaillés vert et noir.

Haut., 49 cent.; larg., 32 cent.

249 — Deux coupes de bronze doré et argenté, coquilles supportées par des Naïades. Socles à gorge et perles.

Haut., 30 cent.

250 — Presse-papier de style Louis XVI, en bronze doré mat : Caniche couché sur une plinthe à entrelacs fleuris.

PORPHYRES ET MARBRES MONTÉS

251 — VASES DE LA GALERIE D'APOLLON. Reproduction des deux vases couverts en porphyre rouge oriental à godrons avec monture en bronze doré et anses mufles de lion en bronze patiné. Ils reposent sur des colonnes cannelées en marbre veiné rouge et blanc garnies, haut et bas, de bronzes dorés.

Hauteur totale, 2 m. 15 cent.

252 — Deux cassolettes à trépieds, reproductions de celles de la GALERIE D'APOLLON AU LOUVRE; coupes et couvercles en porphyre rouge oriental, montures en bronze ciselé et doré mat, à figures de sirènes jouant de la flûte à deux becs, rinceaux, guirlandes et griffons. Socles triangulaires en serpentin d'Égypte.

Haut., 45 cent.

253 — Reproduction des deux cassolettes de GOUTHIÈRES du Garde-Meuble, en serpentin à piédouche et couvercle, enrichies d'une monture en bronze ciselé et doré mat à figures de femmes, naïade et faunesse posées sur l'épaulement en manière d'anses. Une grappe de raisin forme le bouton du couvercle.

Haut., 45 cent.

254 — Deux belles colonnes en granit rose d'Égypte, avec chapiteaux ioniques et embases en bronze ciselé et doré.

Haut., 2 m. 35 cent.

255 — Grande cheminée de forme Louis XV, en marbre sérancolin à moulures contournées et à montants en consoles, enrichie de têtes de lions en bronze ciselé et doré. Au milieu du bandeau, un cartouche également en bronze. Reproduction de la cheminée du château de Richelieu, à Rueil.

Haut., 1 m. 60 cent.; long., 3 m. 10 cent.; prof., 90 cent.

256 — Jardinière ovale et à piédouche en porphyre rouge oriental et enrichie d'appliques en bronze ciselé et doré : torche enflammée,

rinceaux et guirlandes symétriques, rubans et cariatides de femmes adossées aux extrémités et soutenant, chacune, un candélabre à trois bras dont la tige est enlacée d'un serpent.

Haut., 80 cent.; larg., 50 cent.

257 — Deux coupes couvertes en porphyre rouge oriental avec anses têtes de béliers, ceinture de rinceaux fleuris et grappe formant bouton de couvercle en bronze ciselé et doré mat. Reproduction des vases de Gouthières, provenant des Tuileries, et actuellement au Garde-Meuble.

Haut., 41 cent.

258 — Deux vases brûle-parfums à couvercles en onyx cachemire d'Algérie, avec monture de style Régence en bronze ciselé et doré, comprenant : une graine sur le couvercle, un col repercé à jour et à fleurons, deux anses, chimères ailées à têtes d'homme barbu, une embase à moulure sur quatre pieds griffes de lion élevés sur une plinthe quadrangulaire à côtés cintrés et rentrants.

Haut., 50 cent.

259 — Deux vases couverts en marbre Canrobert, garnis d'une monture en bronze ciselé et doré de style Louis XIV, à mascarons, têtes de béliers, lambrequins et feuillages; une grappe forme le bouton des couvercles.

Haut., 70 cent.

260 — Deux vases en marbre sérancolin garnis de montures de bronze doré de style Louis XIV, pareilles à celles des vases qui précèdent; ceux-ci forment candélabres à dix lumières.

261 — Deux petites colonnes en onyx d'Algérie avec chapiteau ionique et base en bronze doré.

Haut., 1 m. 31 cent.

262 — Deux coupes ovales à godrons en onyx du Mexique, avec anses formées de cygnes en bronze doré posés sur des appliques à anneaux mouvants.

Grand diam., 37 cent.

MEUBLES EN BOIS SCULPTÉ

263 — Table à quatre faces, de style Louis XVI, en buis sculpté et découpé à jour. La ceinture présente sur les deux grandes faces des cariatides d'enfants tenant une lyre et se terminant en rinceaux délicats entremêlés de vases courant sur toute la ceinture au-dessous de laquelle retombent des guirlandes complètement détachées. Les pieds à chapiteaux ioniques, cannelures rudentées, guirlandes de feuillages et rubans, sont reliés à l'aide de deux lyres inversées maintenues par une carapace de tortue supportant une figurine : l'Amour assis. Dessus en marbre vert antique. Création d'*Alfred Beurdeley*.

(Voir dans la *Gazette des Beaux-Arts*, numéro du 1er janvier 1879, l'eau-forte de Jules Jacquemart qui représente ce meuble remarquable.)

Haut., 50 cent : long., 1 m. 26 cent.; larg., 68 cent.

264 — Baromètre-thermomètre en bois de poirier sculpté, à colonnettes, zéphirs, guirlandes, cornes d'abondance, couronnes de fleurs, etc. Il est appendu à un ruban à rosette et le bas se termine en cul-de-lampe. Cadran en émail et petites gouaches : Figures allégoriques. Reproduction du baromètre Louis XVI en bronze doré qui se trouve au Musée du Louvre.

Haut., 1 m. 15 cent.

265 — Grande table-console à quatre faces en bois sculpté, peint et doré. Les pieds sont à double sirène ; la ceinture présente en bas-relief des figures mythologiques, des fleurs de lis et des entrelacs. Au centre de la traverse d'entrejambes se dresse un vase plein de fruits entre deux enfants à califourchon sur des dauphins. Tablette en marbre blanc. Ce meuble, sauf quelques modifications, est la reproduction de la console de G. Jacob du Palais de Fontainebleau.

Haut., 91 cent.; long., 1 m. 47 cent.; larg., 70 cent.

266 — Console de style Louis XVI en demi-lune, bois sculpté et doré ; ceinture à rinceaux fleuronnés, perles et feuillages, supportée par

quatre pieds cannelés en spirale et à chapiteaux. Ces pieds sont reliés à leurs bases par des traverses supportant un bouquet de fleurs et de fruits. Tablette en marbre blanc. Reproduction d'une console du Grand Trianon.

Haut., 93 cent.; long., 1 m. 13 cent.; prof., 48 cent.

267 — Table de milieu et de forme contournée, en bois sculpté et doré de style Louis XIV, à huit pieds droits reliés par des traverses. La ceinture, à mascarons, est découpée à jour en forme de lambrequins. Dessus en marbre campan.

Haut., 90 cent.; long., 1 m. 45 cent.; larg., 80 cent.

268 — Vitrine en hauteur, bois sculpté et peint en plusieurs tons d'aspect monumental à colonnes cannelées, enlacées de lierres supportant un fronton à vase de fleurs et rinceaux, sous une corniche cintrée. La ceinture de la console est découpée à jour et enguirlandée de fleurs liées par des rubans et des cordelières. Les pieds cannelés en spirale sont reliés par une traverse que surmonte un vase à rinceaux.

Haut., 2 m., 33 cent.; larg., 1 m, 5 cent.; prof., 50 cent.

269 — Console de style Louis XV, en bois sculpté et doré. Ceinture à fleurettes en des cercles de perles et entre deux torsades. Pieds carquois reliés par une double traverse portant une boule d'amortissement. Tablette de marbre blanc à coins saillants et en demi-cercle.

Haut., 90 cent.; long., 1 m. 45 cent.; prof., 50 cent.

270 — Console de style Louis XVI, en bois doré ; ceinture à branches fleuronnées et perles, supportée par deux pieds cannelés, maintenus à leur base par une traverse sur laquelle repose une lyre. Dessus en marbre blanc. Reproduction d'une console du palais de Fontainebleau.

Haut., 86 cent.; long., 1 m.; prof., 55 cent.

271 — Deux consoles de style Louis XVI, en bois doré à pieds contournés avec aigle dans l'entre-deux.

Haut., 80 cent., larg., 1 m. 30 cent.

272 — Console-applique de style Louis XVI, en bois sculpté et doré ; la tablette de forme rectangulaire en marbre blanc est supportée par trois montants à volutes reliés par des guirlandes de roses.

Larg., 76 cent.

273 — Ecran de style Louis XVI, en bois sculpté ajouré et doré. Les montants en forme de colonne à guirlande sont surmontés de sphinx et s'appuient sur des patins à cornes d'abondance. Feuille à double face en soie brochée à rais et festons de fleurs. Reproduction d'un écran du *palais de Fontainebleau.*

Haut., 1 m. 15 cent ; larg., 75 cent.

274 — Deux torchères de style Louis XVI, bois sculpté et doré, en forme de trépieds à guirlandes de lauriers, montées sur un socle triangulaire à gorge.

Haut., 1 m. 23 cent.

275 — Deux gaines carrées et à chapiteaux ioniques, en bois sculpté et doré et peint à l'imitation du marbre offrant sur chaque face des motifs à rubans, guirlandes et retombées de fleurs. Style Louis XVI.

Haut., 1 m. 20 cent.

276 — Deux petites consoles culs-de-lampe de style Louis XIV en bois sculpté à jour et doré.

Haut., 43 cent.

MEUBLES DE STYLES

277 — Grand bureau à cylindre dit Bureau du roi Louis XV, en marqueterie de bois des iles à décor de fleurs et d'attributs, enrichi sur ses quatre faces de nombreux bronzes ciselés et dorés au mercure tels que : figures mythologiques, vases, pendule, bas-reliefs, chutes, guirlandes, etc. Ce meuble, qui est la reproduction fidèle de celui du Louvre, a figuré à l'Exposition de 1889 et porte l'inscription : *Fait par Riesener à l'Arsenal en 1769, reproduit par Beurdeley en 1889. Paris.*

Haut., 1 m. 50 cent.; long., 1 m. 80 cent.; prof., 97 cent.

278 — **Table de la reine Marie-Antoinette**, sur pieds à cariatides de femmes en bronze ciselé et doré mat, reliées par une entretoise ornée au centre d'une corbeille ; le dessus est orné de panneaux en laque du Japon et la ceinture présente des sphinx, des rinceaux fleuris et des guirlandes en bronze doré mat, appliqués sur fond d'acier poli. Reproduction de la table de Weisweiler, donnée par Marie-Antoinette à Mme de Polignac, achetée par l'impératrice Eugénie à la vente du prince de Beauvau en 1865, et actuellement au Musée du Louvre.

Long., 82 cent.; larg., 46 cent.

279 — Meuble à deux corps et à quatre vantaux de forme contournée en laque, à décor en dorure sur fond noir, dans le goût chinois. Il est enrichi de bronzes ciselés et dorés, rinceaux contournées et rocailles ; les montants en ressauts sont surmontés de bustes de zéphyrs, et flanqués de bras porte-lumières également en bronze doré. Dessus en marbre brèche d'Alep. Création de *M. A. Beurdeley.*

Haut., 1 m. 57 cent.; larg., 90 cent.; prof. 48 cent.

280 — Petit entre-deux de forme contournée à deux portes, en laque à décor en dorure sur fond noir, enrichi de bronzes ciselés et dorés, rinceaux contournés et rocailles. Dessus en marbre brèche d'Alep. Style Régence. Création de M. *A. Beurdeley.*

Haut., 86 cent.; long., 70 cent.; prof., 46 cent.

281 — Table-bureau plat à coins arrondis en marqueterie de bois clairs, offrant sur le dessus un grand sujet : *l'Astronomie et la Géométrie*, dans un encadrement de rinceaux et de fleurs cantonné de quatre rosaces et sur chaque côté de la ceinture une frise d'enfants caractérisant les arts et les sciences. Ce meuble est enrichi d'importants motifs en bronze ciselé et doré, chutes à grands rinceaux feuillus, acanthes, fleurs et cordons de lauriers en relief en manière de cannelures sur les pieds. Reproduction du meuble du Petit Trianon considéré comme un des chefs-d'œuvre de Riesener.

Haut., 75 cent.; long., 1 m. 8 cent.; larg. 61 cent.

282 — Table de milieu de style Louis XVI, en marqueterie de bois de couleurs, enrichie de bas-reliefs, de rinceaux, de cordons de perles en bronze doré mat; le dessus offre en marqueterie le *Triomphe de l'Amour*. Copie d'un meuble de RIESENER, signée dans l'angle à droite du dessus : ALFRED BEURDELEY, 1892.

Long., 1 m. 15 cent.; larg., 69 cent.; haut., 80 cent.

283 — Petite table-tricoteuse de style Louis XVI, sur deux pieds reliés par un entrejambes en marqueterie de bois de couleur à quadrillés et fleurons en amarante et citronnier, ornée de seize médaillons en émail, par *Coteau*, de deux modèles alternés, l'un à fond gros bleu et points d'émail, l'autre à silhouettes en brun sur fond bleu clair. Encadrements, bordures et guirlandes, galerie d'entrejambes en bronze ciselé et doré.

Haut., 73 cent.; long., 55 cent.; larg., 34 cent.

284 — Grand bureau plat et rectangulaire à tiroirs et pieds arqués, plaqué en écaille brune de l'Inde, et enrichi de mascarons, de chutes et de sabots à volutes, de moulures d'encadrements en bronze ciselé et doré. Dessus en basane verte encadré d'une bordure dorée au fer et bordé d'un quart de rond en bronze doré. Reproduction d'un *meuble de Boule*.

Long., 1 m. 80 cent.; larg., 1 mètre.

285 — Grand bureau plat de forme contournée en bois rose et bois de violette enrichi de bronzes ciselés et dorés : chutes formées de bustes de guerriers casqués, mascarons féminins, rinceaux et feuillages d'encadrements, sabots, entrées, etc. Reproduction du célèbre bureau du *ministère de la Marine*.

Long., 2 m. 14 cent.; larg., 1 m. 2 cent.

286 — Grand bureau plat de forme contournée et de style Louis XV, en bois rose enrichi de bronzes ciselés et dorés, grandes chutes à coquilles, appliques à rinceaux et guirlandes, sabots, poignées et moulures d'encadrement. Dessus en basane verte chagrinée, encadré d'une bordure dorée au fer et bordé d'une large moulure en bronze épousant les contours du meuble. Reproduction du bureau du *ministère des Finances*.

Haut., 80 cent.; long., 1 m. 95 cent.; larg., 1 mètre.

287 — Bureau plat à deux tiroirs sur la face et tablettes rentrantes sur les côtés; bois de citronnier et marqueterie de fleurons inscrits dans des losanges. Il est garni de bronzes dorés, draperies formant chutes, baguettes enroulées de rubans, anneaux de tirage, sabots, etc. Dessus en velours vert encadré d'une moulure de bronze. Reproduction d'un bureau du *ministère de la Marine*.

Long., 1 m. 29 cent.; larg., 65 cent.

288 — Petite table rectangulaire de style Louis XVI, en bois d'acajou moiré enrichie de bronzes ciselés et dorés : appliques à figures d'amours et mascarons; moulures à canaux, rais de cœur et lauriers encadrant la ceinture; branches de fleurs en haut-relief sur les angles. Les pieds cerclés de bagues de bronze sont réunis par une tablette à galerie. Reproduction de la table présentée à la Reine par *M. de Fontanieu*.

Haut., 72 cent.; long., 60 cent.; larg., 45 cent.

289 — Bureau à cylindre de style Louis XVI, en bois rose, amaranthe et marqueterie, à décor de fleurons inscrits en des octogones; il est garni de bronzes dorés.

Haut., 1 m. 20 cent.; long., 1 m. 45 cent.; prof., 65 cent.

290 — Bureau a cylindre du petit Trianon en marqueterie de bois de couleurs à treillages, frisé d'amarante. Sur le cylindre un médaillon ovale en marqueterie représente un trophée d'instruments de musique. Ce meuble est enrichi sur toutes ses faces de bas-reliefs, jeux d'enfants, de corbeilles et de guirlandes, de rais de cœur, etc., en bronze ciselé et doré mat. Style Louis XVI.

Haut., 1 m. 5 cent.; long., 1 m. 15 cent.; prof., 65 cent.

291 — Bureau bonheur-du-jour de style Louis XVI, en acajou enrichi de panneaux en laque du Japon et de nombreux bronzes ciselés et dorés mat, représentant les emblèmes de l'Amour. La ceinture de la table est découpée en forme d'arcs et les pieds sont formés de carquois.

Haut., 1 m. 15 cent.; larg., 74 cent.; prof., 52 cent.

292 — Petit bureau de style Louis XVI, à casier supérieur en bois rose et marqueterie de bois clairs à décor de vases à fleurs, de burettes, de tasses, de fleurettes inscrites dans des entrelacs. La ceinture est décorée de boucles et les pieds légèrement arqués sont garnis de chutes et de sabots en bronze doré. Le tiroir de la table découvre trois casiers à panneaux de marqueterie.

Haut., 92 cent.; long., 70 cent.; prof., 42 cent.

293 — Petit bureau pareil au précédent.

294 — Petit bureau de forme ovale à tablette rentrante et tiroir, en acajou, garni de baguettes et de moulures en bronze doré; il est surmonté d'un petit casier à trois tiroirs et les quatre pieds à angles abattus sont reliés par une tablette. Meuble dans le style de Riesener.

Haut., 82 cent.; larg., 52 cent.; prof., 45 cent.

295 — Petit bureau ovale avec casier supérieur en demi-lune supporté par quatre pieds cambrés et tablette d'entre-jambes. Bois rose et marqueterie à vases de fleurs et fleurettes incrustées dans des entrelacs. Style Louis XV.

Haut., 95 cent ; larg., 56 cent.; prof.. 40 cent.

296 — Petite table en marqueterie de bois clair à treillis frisé d'amarante enrichi de thyrses, lauriers, festons de fleurs en bronze ciselé et doré mat, le dessus bordé d'une galerie. Copie de la Table de Riesener; Musée du Louvre.

Long., 68 cent ; prof., 48 cent.

297 — Petit bureau à dos d'âne de forme Louis XV en bois rose en marqueterie à fleurs garni de chutes et de sabots en bronze doré.

Haut., 90 cent.; larg., 70 cent.

298 — Bureau-pupitre à écrire debout de forme Louis XV en bois rose et amarante. Les pieds légèrement arqués et garnis de chutes en bronze doré sont reliés par deux tablettes.

Haut , 1 m. 21 cent.; long.. 80 cent.; prof., 56 cent.

299 — Petit bureau plat de forme contournée de style Louis XV en bois rose et bois d'amarante; il est à tablette rentrante sur la face et tiroirs sur les côtés. Chutes, sabots et entrées en bronze doré. Dessus en cuir vert encadré d'ornements dorés au fer et d'une moulure saillante en bronze.

Long., 98 cent.; larg., 52 cent.

300 — Petit bureau à cylindre de forme Louis XV en bois de citronnier rayé de vert.

Haut., 95 cent.; larg., 60 cent.; prof., 40 cent.

301 — Bureau à cylindre de forme Louis XV sur quatre pieds cambrés en bois de citronnier marqueté de raies vertes.

Haut., 95 cent.; larg., 60 cent.; prof., 40 cent.

302 — Petite table de dame de style Louis XV en bois d'ébène, décorée de panneaux en laque du Japon avec encadrements d'aventurine et de burgau, et garnie de chutes à têtes de satyres en bronze doré mat.

Long., 40 cent.; larg., 27 cent.

303 — Table de nuit de style Louis XVI, en bois rose sur quatre pieds cambrés, porte à coulisseau surmontée d'un tiroir ; elle est enrichie de nombreux bronzes ciselés et dorés : rosaces, appliques, mascarons, chutes, perles, rinceaux courants, etc. Dessus de marbre blanc bordé d'une galerie.

Haut., 98 cent.; larg., 56 cent. prof., 40 cent.

304 — Table rectangulaire à crossettes de style Louis XVI, en bois sculpté et peint blanc et gris. Tablette de marbre gris. D'après le modèle du *Palais de Fontainebleau.*

Long., 1 m. 46 cent.; larg., 75 cent.

305 — Table-toilette du petit Trianon, en marqueterie de bois de couleurs à treillis garni de moulures d'encadrement, anneaux de tirage, sabots et entrées en bronze doré mat.

Long., 86 cent.; larg., 52 cent.

306 — Petite table ronde de style Louis XVI, à deux tablettes et à tiroir en acajou moiré garnie d'appliques de bronze doré.

Haut., 75 cent.

307 — Table ovale de milieu, style Louis XVI, en acajou moucheté, enrichie de bronzes ciselés et dorés mat, cornes d'abondances, moulures, godrons. Les pieds cannelés sont reliés par une entretoise ajourée.

Long., 1 m. 25 cent.; larg., 65 cent.

308 — Petite table rectangulaire de style Louis XVI, en ébène garnie de moulures et d'ornements en bronze ciselé et doré mat. Pieds à cannelures de cuivre reliés par une tablette d'entre-jambes. Dessus en marbre blanc entouré d'une galerie. Reproduction de celle du Louvre.

Long., 59 cent.; larg., 39 cent.

309 — TABLE A OUVRAGE DU PETIT TRIANON DE E. LEVASSEUR, à angles arrondis en acajou moiré, garnie de rais de cœur, cordons de marguerites et de chutes formées d'aigles adossés en bronze ciselé et doré mat. Tablette de marbre blanc bordée d'une balustrade en bronze : pieds cannelés, chapiteaux et sabots striés.

Haut., 75 cent.; larg., 62 cent.; prof., 41 cent.

310 — Petite table rectangulaire et à coins arrondis, en bois d'acajou moiré, enrichie de bronzes ciselés et dorés mat : chutes à têtes d'aigles, draperies et rinceaux, rais de cœur, cordons de marguerites; pieds cannelés. Dessus en marbre blanc entouré d'une galerie à balustres en bronze doré. Modèle de *Trianon*.

Haut., 73 cent.; long., 63 cent.; larg., 42 cent.

311 — Petite table de style Louis XVI, à pieds légèrement contournés en bois rose avec dessus en marqueterie de bois clair semé de fleurettes inscrites dans un entrelac. La ceinture est ornée d'un entrelac analogue et les pieds, de chutes et sabots en bronze doré.

Haut., 75 cent.; long., 70 cent.; larg., 45 cent.

312 — Petite table à ouvrage à quatre pieds contournés de style Louis XV, en ébène, enrichie de panneaux en laque et de bronzes ciselés et dorés.

Haut., 72 cent.

313 — Petite table à écrire de forme Louis XV, en marqueterie de bois de couleurs à fleurs.

Haut., 71 cent.; long., 44 cent.

314 — Petite table ronde de style Louis XVI, en acajou moiré, supportée par trois pieds munis d'une tablette d'entrejambes et garnie de bronzes dorés.

Haut., 75 cent.

315 — Petite table carrée sur pieds contournés de forme Louis XV, en bois de rose frisé d'amarante, enrichie de chutes, sabots et appliques en bronze doré; le dessus, exécuté en marqueterie à quadrillé, offre au centre une plaque carrée en ancienne porcelaine du Japon.

Dimension : 37 cent. sur 37 cent.

316 — Petite table ovale de style Louis XVI en bois rose supportée par quatre pieds carrés reliés par une tablette à galerie; dessus en marbre blanc, également à galerie.

Haut., 73 cent.; long., 39 cent.; larg., 35 cent.

317 — Console-étagère, à côtés cintrés, de style Louis XVI, en bois d'ébène enrichie de draperies et de moulures en bronze ciselé et doré. Dessus et tablettes en marbre blanc. Panneau de fond aventuriné. Reproduction d'un meuble des petits appartements du *Palais de Versailles.*

Haut., 88 cent.; long., 85 cent.; larg., 38 cent.

318 — Console de style Louis XVI, à côtés arrondis, en bois d'acajou, garnie d'appliques, moulures et perles en bronze doré. Les quatre pieds cannelés sont reliés par deux tablettes bordées de galeries. Dessus en marbre bleu turquin.

Haut., 90 cent.; long., 1 m. 44 cent.; prof., 46 cent.

319 — Petite commode de Trianon, par Leleu. Reproduction exacte, en marqueterie de bois de couleurs, à quadrillages et fleurs de lis sur les faces latérales. Elle est garnie de bronzes ciselés et dorés à l'or moulu; rinceaux, guirlandes, rubans et autres ornements Louis XVI. Tablette en marbre griotte.

Haut., 90 cent.; long., 88 cent.; prof., 50 cent.

320 — Petite commode de style Louis XVI, à coins arrondis et à deux tiroirs en laque à personnages dorés sur fond noir. Elle est garnie de chutes, entrelacs de lauriers, d'anneaux de tirage à perles et de rais de cœur formant encadrements en bronze ciselé et doré mat. Reproduction de la commode de la *Collection Sellière*.

Haut., 85 cent.; long., 85 cent.; prof., 46 cent.

321 — Armoire à deux portes contournées, de style Louis XV, en marqueterie de bois satiné à damier et treillis, enrichie d'appliques, de chutes et de moulures, en bronze ciselé et doré. D'après un *modèle de Cressant*.

Haut., 1 m. 48 cent.; larg., 90 cent.; prof., 47 cent.

322 — Meuble à hauteur d'appui de style Louis XVI, ouvrant à deux portes surmontées d'un tiroir; ébène et acajou, enrichi d'entrelacs, de rosaces et de perles en bronze doré. Sur les portes sont incrustés deux médaillons en Wedgwood à figures mythologiques en relief. Dessus de marbre blanc.

Haut., 1 m. 05 cent.; larg., 94 cent., prof., 57 cent.

323 — Meuble d'entredeux de style Louis XVI, à porte pleine et légèrement cintrée; montants en chanfrein et côtés échancrés, en bois de violette et bois satiné, enrichi de bronzes dorés : médaillon-buste appendu à un ruban, chutes à gaines, médaillon et guirlandes; moulures d'encadrement, rosaces, etc. Dessus en marbre brèche d'Alep.

Haut., 1 m. 40 cent.; larg., 80 cent; prof., 25 cent.

324 — Secrétaire de style Louis XVI en bois de citronnier, à colonnes

d'angles, en marqueterie simulant des cannelures. Il est enrichi de perles et de baguettes en bronze. Dessus de marbre campan verdâtre.

Haut., 1 m. 14 cent.; larg., 80 cent.; prof., 35 cent.

325 — Meuble à hauteur de commode ouvrant à trois portes pleines, en acajou moiré, enrichi de moulures à godrons obliques et perles en bronze ciselé et doré; des colonnes cannelées dégagées se dressent aux angles de la face. Dessus de marbre blanc.

Reproduction d'un meuble de Riesener du Musée du Louvre.

Haut., 87 cent.; long., 1 m. 30 cent.; prof., 56 cent.

326 — Meuble en hauteur à deux corps, de style Louis XVI, en bois d'ébène enrichi de bronzes ciselés et dorés. Le haut, à porte pleine, offrant un important motif de bronzes composé d'une lyre, de lauriers, de rinceaux, de guirlandes et de rubans, est flanqué aux angles de deux cariatides tout en bronze, les bras surélevés et portant sur la tête des corbeilles de fleurs. Le bas, ou console à tiroir, est supporté par quatre pieds carquois reliés par deux arcs entrecroisés. Dessus de marbre blanc.

Haut., 1 m. 67 cent.; larg., 76 cent.; prof., 46 cent.

327 — Meuble à deux vantaux et à côtés cintrés et rentrants, en bois d'ébène enrichi de panneaux en laque, de moulures, d'entrelacs et de perles en bronze doré. Le dessus, en marbre blanc à coins arrondis et saillants, s'appuie sur deux colonnettes fuselées tout en bronze doré. Deux petites tablettes cintrées en marbre blanc relient les pieds sur les côtés du meuble.

Exécuté d'après les dessins de *Caucet.*

Haut., 97 cent.; larg., 1 m. 25 cent.; prof., 47 cent.

328 — Secrétaire de style Louis XVI, présentant sur ses trois faces des plaquettes, oiseaux, vases, animaux, etc., en mosaïque de pierres dures entourées de motifs d'encadrement en marqueterie de bois clair. Il est enrichi de bronzes dorés. Dessus de marbre portor.

Haut., 1 m. 43 cent.; larg., 68 cent.; prof., 40 cent.

329 — Petit meuble de style Louis XVI en forme de commode à deux vantaux surmontés de tiroirs en bois d'ébène et acajou, enrichi de nombreux bronzes ciselés et dorés représentant les emblèmes de l'Amour. Sur sa face, un trophée composé de flèches, de couronnes et de guirlandes de roses, est encadré par deux arcs inversés et contourné par quatre écoinçons feuillagés et saillants. Un mascaron le surmonte ; des flèches alternant avec des roses forment la frise ; des carquois cannelés en spirales tiennent lieu de montants. Dessus de marbre blanc.

Haut., 90 cent.; larg., 58 cent.; prof., 37 cent.

330 — Secrétaire contourné de style Louis XV, en bois de rose et amarante, décoré sur l'abattant et sur les deux vantaux situés au-dessous de gerbes de fleurs en marqueterie de bois foncé. Il est enrichi de chutes, d'entrées et d'appliques rocailles en bronze ciselé et doré. Dessus en marbre brèche d'Alep.

Haut., 1 m. 14 cent.; larg., 65 cent.; prof., 38 cent.

331 — Meuble en forme de commode droite à trois vantaux pleins surmontés d'un rang de tiroirs et à colonnettes dégagées, en acajou moiré, enrichi de bronzes ciselés et dorés : frises de rinceaux entremêlés de mascarons, chèvres couchées, enfants bacchants et têtes d'aigles. Moulures à godrons obliques et feuillages, à perles et ondes fleuronnées, à listels avec entredeux brettés. Ce meuble repose sur quatre pieds toupies à cannelures. Dessus de marbre blanc.

C'est la reproduction d'un meuble du temps de Louis XVI, actuellement au musée du Louvre.

Haut., 91 cent.; long., 1 m. 45 cent.; prof., 60 cent.

332 — Reproduction d'un meuble à hauteur d'appui, de l'ébéniste Avril (Palais de Fontainebleau), en bois d'ébène et d'acajou, enrichi de bronzes ciselés et dorés : entrelacs, cordons de perles, feuilles d'eau, culots, etc.; moulures ornées et moulures unies. Sur les deux vantaux sont placés des médaillons ovales en biscuit. Dessus de marbre blanc.

Haut., 1 m. 3 cent.; long., 95 cent.; prof., 58 cent.

333 — Entredeux à hauteur d'appui, à deux portes surmontées d'un tiroir ; marqueterie de bois clair, trophées champêtres sur fond de citronnier. Il est garni de bronzes dorés. Tablette de marbre vert campan. Style Louis XVI.

Haut., 1 m. 3 cent.; larg., 1 mètre ; prof., 44 cent.

334 — Meuble à hauteur d'appui, porte pleine et tiroir au-dessus, en bois d'amarante enrichi de bronze ciselé et doré mat. La porte est peinte au vernis Martin et représente Cérès et l'Amour sur fond doré ; les côtés du meuble, en marqueterie de bois clair, sont ornés de fleurs de lis incrustées dans un treillis. Tablette de marbre griotte.

Haut., 1 m. 10 cent : larg., 77 cent ; prof., 50 cent.

335 — Secrétaire de style Louis XVI, en ébène à abattant et panneaux laqués en dorure sur fond noir. Il est garni de moulures en bronze doré mat. Pieds cannelés ; tablette d'entrejambes et dessus de marbre blanc.

Haut., 1 m. 18 cent.; larg., 60 cent.

336-337 — Deux meubles-entredeux à hauteur d'appui de style Louis XVI, en ébène et acajou à côtés cintrés décorés de bronzes ciselés et dorés : caducée et cornes d'abondance, cordons de perles, chapiteaux, grecques, entrelacs de lierres, thyrses, draperies et couronnes superposées. Dessus de marbre blanc.

Haut., 1 mètre; long., 82 cent.; prof., 42 cent.

338 — Petit cabinet sur table à tiroirs, de forme Louis XV, en marqueterie de bois clair à décor de trophées et de carrelages. Le haut du meuble, de forme rectangulaire, ouvre à l'aide d'un coulisseau qui laisse apparaitre trois tiroirs superposés. La table est à pieds cambrés reliés par une tablette. Il est enrichi de chutes et de moulures en bronze ciselé et doré.

Haut., 98 cent ; long., 39 cent.; prof., 30 cent.

339 — Vitrine en hauteur de style Louis XVI, à deux portes vitrées en bois rose et marqueterie de bois clair enrichie de bronzes dorés.

Les portes sont surmontées d'un tiroir garni de fleurons et d'entrelacs en bronze. Dessus de marbre. Reproduction d'un *meuble de San Donato*.

Haut., 1 m. 73 cent.; larg., 80 cent ; prof., 40 cent.

340 — Vitrine en hauteur de style Louis XV, en bois rose et amarante. Dessus de marbre brèche d'Alep.

Haut , 1 m. 32 cent ; larg , 1 m. 10 cent ; prof., 36 cent.

341 — Vitrine en hauteur de style Louis XVI, en bois rose et amarante ouvrant à une porte, décoré de moulures à perles, d'une frise bas-relief jeux d'enfants et de deux corbeilles de fruits en bronze ciselé et doré. Dessus de marbre.

Haut., 1 m. 44 cent.; larg., 72 cent.; prof , 31 cent.

342 — Vitrine en hauteur de style Louis XVI, en bois de poirier sculpté à colonnettes dégagées, drapées et creusées de cannelures en spirales. La console, également cannelée et ornée de pirouettes, est supportée par quatre pieds à bagues et feuillages.

Haut., 2 mètres; larg., 88 cent.; prof , 48 cent.

343 — Écran-bureau de style Louis XV, en bois rose.

Haut., 98 cent.

344 — Coffret à bijoux en bois rose et amarante sur sa table-console, de style Louis XV, garnie de bronzes.

Haut., 1 m. 6 cent.; larg., 42 cent.; prof., 30 cent.

SIÈGES

345 — Canapé de style Régence, en bois sculpté et doré, de forme contournée ; ornementation à rinceaux, fleurs, feuillages et rubans. Il est recouvert en étoffe de soie brochée à bouquets, branches fleuries et touffes de plumes sur fond crème.

Larg., 1 m 50 cent.

346 — Canapé de style Louis XVI, en bois sculpté et doré; modèle à cordons de piastres, tortils de rubans et feuilles d'acanthe. Le dossier surmonté de deux pommes de pins. Il est couvert en soie brochée à fleurs.

Long., 1 m. 65 cent.

347 — Canapé à trois places en bois sculpté et doré avec dossier médaillon surmonté de coquilles et de branches de roses. Ornementation à feuillages, perles et festons de fleurettes. Ce meuble est recouvert d'étoffe de soie brochée à raies. Reproduction du canapé du Musée de *Kensington*.

Larg., 2 m. 5 cent.

348 — Canapé marquise de style Louis XVI, en bois sculpté et doré à dossier droit, couronné d'un bouquet; il est couvert d'ancienne soie à raies et festons de fleurs.

Larg., 1 m. 35 cent.

349 — Petit canapé de style Louis XVI, à dossier ovale en bois sculpté et doré à décor de feuilles d'acanthe, de festons de fleurettes, rais de cœur, etc. Le dossier est surmonté d'une coquille et d'une couronne de roses; le siège est recouvert en ancienne étoffe brochée à fleurs.

Larg., 1 m. 5 cent.

350 — Fauteuil de style Louis XVI, en bois sculpté et doré à guirlandes de fleurs entortillées de rubans; les accoudoirs, à feuilles d'acanthe, portent sur des cornes d'abondance. Les pieds sont formés de colonnettes à chapiteaux ioniques. Il est couvert de soie à raies et festons brochés en couleur. Reproduction d'un fauteuil, du palais de Fontainebleau.

351 — Chaise de style Louis XVI, en bois sculpté et doré à ornements en relief, guirlandes de roses dans un tortil de rubans; pieds à chapiteaux ioniques. Elle est couverte en soie brochée, à festons de fleurs sur fond gris argent. D'après un siège du palais de Fontainebleau.

352 — Tabouret de pieds rectangulaire de style Louis XVI, en bois sculpté et doré, à guirlandes de roses entourées d'un ruban. Pieds cannelés à perles.

353 — Fauteuil à dossier ovale, bois sculpté et doré à coquille, festons de fleurettes, acanthe et couvert en soie brochée à fleurs. Reproduction d'un siège du South Kensington.

354 — Bois de fauteuil de style Louis XVI, sculpté et doré, dossier à médaillon, ornementation à perles, festons de fleurettes et coquille.

355 — Fauteuil de style Louis XVI en bois doré, à dossier carré avec écoinçons feuilles d'acanthe, rais de cœur et perles; il est couvert en soie rouge à décor de gerbes de feuillages brodées en blanc.

356 — Fauteuil en bois sculpté et doré de style Louis XVI à dossier carré et pieds cannelés, couvert en ancienne soie gris-argent. Reproduction d'un fauteuil de *Trianon*.

357 — Fauteuil de style Louis XVI en bois sculpté et doré à cordons de perles et pieds cannelés en spirales. Il est garni en étoffe claire brochée à raies. Copie d'un fauteuil de *Trianon*.

358 — Fauteuil de style Louis XVI à dossier carré en bois sculpté e peint gris ton sur ton. Modèle à marguerites, perles, cannelures rudentées. Les accoudoirs sont supportés par des dauphins. Il est couvert en soie fond crème brochée à fleurs.

Haut., 1 m.

359 — Fauteuil de style Louis XVI à dossier ovale, noyer sculpté et décoré d'acanthes et de larges feuilles; il est couvert de velours grenat à reliefs, semé de pensées.

360 — Fauteuil de style Louis XV en bois sculpté et peint en couleurs, orné d'un feston de fleurs en relief. Il est couvert de soie crème brochée à fleurs ton sur ton.

361 — Chaise de style Louis XV, en bois sculpté à fleurettes en relief, relevées de couleurs sur fond gris; elle est couverte en soie crème.

362 — Chaise de style Louis XVI, en bois sculpté et peint blanc à siège ovale et dossier carré foncés de canne.

363 — Chaise en bois doré à dossier ajouré au chiffre de Marie-Antoinette, surmonté d'une couronne de fleurs et encadré de flèches et de rubans.

364 — Chaise de style Louis XVI, en bois sculpté et doré, à dossier ovale enguirlandé, surmonté d'une coquille. Elle est couverte en soie brochée.

Haut., 90 cent.

365 — Fumeuse de forme Louis XV, en noyer à fleurettes, coquilles et ornements, réchampis d'or. Elle est couverte en velours Pékin havane.

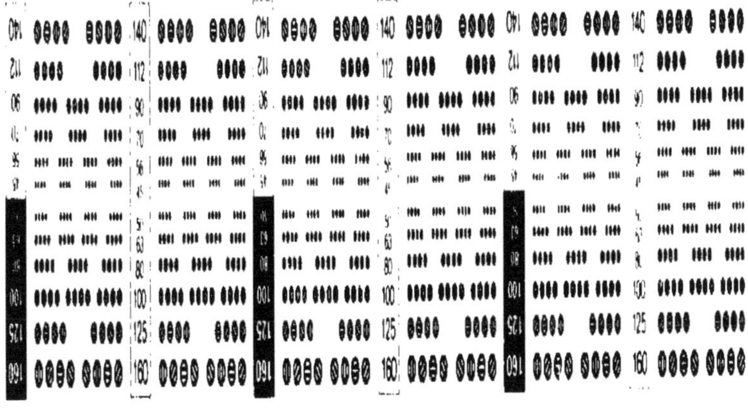

MIRE ISO N° 1
NF Z 43-007
AFNOR
Cedex 7 - 92080 PARIS-LA-DEFENSE

graphicom

www.ingramcontent.com/pod-product-compliance
Ingram Content Group UK Ltd.
Pitfield, Milton Keynes, MK11 3LW, UK
UKHW022137260726
13993UKWH00003B/1496